OSITO
LITTLE BEAR

por

ELSE HOLMELUND MINARIK

Ilustrado por MAURICE SENDAK

Traducción del inglés por PURA BELPRÉ

A Spanish I CAN READ Book

HARPER & ROW, Publishers
New York, Evanston, and London

OSITO
 For information address Harper & Row, Publishers, Inc., 10 East 53rd Street, New York, N.Y. 10022. Published simultaneously in Canada by Fitzhenry & Whiteside Limited, Toronto.

LIBRARY OF CONGRESS
CATALOG CARD NUMBER: 69-14452

A Brooke Ellen y Wally

CONTENIDO

OSITO

¿QUE SE PONDRA OSITO?

Hace frío.

Mira la nieve.

Mira caer la nieve.

Osito dijo—Mamá Osa,

tengo frío.

Mira la nieve.

Quiero algo para ponerme.

Por tanto Mamá Osa hizo algo
para Osito.
—Mira, Osito—dijo ella—.
Tengo algo para mi osito.
Aquí está.

Póntelo en la cabeza.

—Ah—dijo Osito—

es un sombrero.

¡Viva! Ahora no tendré frío.

Osito se fue a jugar afuera.

Aquí está Osito.

—Ah—dijo Mamá Osa—
¿quieres algo?

—Tengo frío—dijo Osito—.
Quiero algo para ponerme.

Por tanto Mamá Osa
hizo algo para Osito.

—Mira, Osito—dijo ella—
tengo algo,
algo para mi osito.
Póntelo.
—Ah—dijo Osito—
es un abrigo.
¡Viva! Ahora no tendré frío.
Osito se fue a jugar afuera.

Aquí está Osito otra vez.

—Ah—dijo Mamá Osa—

¿quieres algo?

—Tengo frío—dijo Osito—.

Quiero algo para ponerme.

Por tanto Mamá Osa hizo algo

para Osito otra vez.

—Mira, Osito—dijo ella—

aquí hay algo,

algo para mi osito.

Ahora no puedes tener frío.

Póntelo.

—Ah—dijo Osito—

pantalones para la nieve. ¡Viva!

Ahora no tendré frío.

Osito se fue a jugar afuera.

Aquí está Osito otra vez.

—Ay—dijo Mamá Osa—

¿qué puedes querer ahora?

—Tengo frío—dijo Osito—.

Quiero algo para ponerme.

—Osito mío—dijo Mamá Osa—
tienes un sombrero,
tienes un abrigo,
tienes pantalones para la nieve.
¿También quieres un abrigo de piel?

—Sí—dijo Osito—.

Quiero también un abrigo de piel.

Mamá Osa le quitó el sombrero, el abrigo,

y los pantalones para la nieve.

—Mira—dijo Mamá Osa—

ahí está el abrigo de piel.

—¡Viva!—dijo Osito—.

Aquí está mi abrigo de piel.

Ahora no tendré frío.

Y no tuvo frío.

¿Qué tal te parece?

LA SOPA DE CUMPLEAÑOS

—Mamá Osa,

Mamá Osa,

¿Dónde estás?—llama Osito—.

Ay de mí, Mamá Osa no está aquí,

y hoy es mi cumpleaños.

Creo que vendrán mis amigos,
pero no veo una torta de cumpleaños.
¡Caramba! Sin torta de cumpleaños.
¿Qué haré?

La olla está al fuego.
El agua en la olla está caliente.
Si pongo algo en el agua,
puedo hacer una sopa de cumpleaños.
A todos mis amigos les gustan las sopas.

Déjame ver que tenemos.
Tenemos zanahorias y papas,
guisantes y tomates;
puedo hacer sopa con
zanahorias, papas, guisantes y tomates.

Por tanto Osito empieza hacer sopa
en la olla negra y grande.
Primero, entra Gallina.
—Feliz Cumpleaños, Osito—dice ella.
—Gracias, Gallina—dice Osito.

Gallina dice—¡Ay! Algo por aquí huele bueno.

¿Está en la olla negra y grande?

—Sí—dice Osito—.

Estoy haciendo una sopa de cumpleaños.

¿Quieres quedarte a tomar un poco?

—Ah, sí, gracias—dice Gallina.

Y se sienta a esperar.

Después, entra Pato.

—Feliz Cumpleaños, Osito—dice Pato—.

Ay, algo huele bien.

¿Está en la olla negra y grande?

—Gracias, Pato—dice Osito—.

Sí, estoy haciendo una sopa de cumpleaños.

¿Quieres quedarte y tomar

un poco con nosotros?

—Gracias, sí, gracias—dice Pato.

Y se sienta a esperar.

Después, entra Gato.

—Feliz Cumpleaños, Osito—dice él.

—Gracias, Gato—dice Osito—.
Espero te guste la sopa de cumpleaños.
Estoy haciendo una sopa de cumpleaños.
Gato dice—¿De veras puedes cocinar?
Si de veras puedes hacerla,
yo me la comeré.
—¡Bueno!—dijo Osito—.
La sopa de cumpleaños está caliente,
así es que nos la debemos tomar ahora.
No podemos esperar a Mamá Osa.
No sé donde está ella.

Bueno, aquí tienes un poco de sopa
para ti, Gallina—dice Osito—.
Y aquí tienes un poco de sopa
para ti, Pato,

y aquí tienes un poco de sopa para ti, Gato,

y aquí tengo un poco de sopa para mí.

Ahora todos podemos tomar

la sopa de cumpleaños.

Gato ve a Mamá Osa en la puerta
y dice—Espera, Osito.
No tomes todavía.
Cierra los ojos, y di uno, dos, tres.

Osito cierra los ojos

y dice—Uno, dos, tres.

Mamá Osa entra con una torta grande.

—Ahora, mira—dice Gato.

—Ah, Mamá Osa—dice Osito—
¡qué torta de cumpleaños
tan grande y tan linda!
La sopa de cumpleaños
es buena para tomar,
pero no tan buena
como la torta de cumpleaños.
Estoy tan contento
porque no te olvidaste.
—Sí, Feliz Cumpleaños, Osito—
dice Mamá Osa—.
Esta torta de cumpleaños
es una sorpresa para ti.

Yo no me olvidé de tu cumpleaños,

y nunca me olvidaré.

OSITO VA A LA LUNA

—Tengo una nueva celada para el espacio.
Me voy a la luna—dijo Osito a Mamá Osa.
—¿Cómo?—preguntó Mamá Osa.

—Voy a volar a la luna—
dijo Osito.
—¡Volar!—dijo Mamá Osa—.
Tú no puedes volar.
—Los pájaros vuelan—dijo Osito.
—Ah, sí—dijo Mamá Osa—.
Los pájaros vuelan,
pero no vuelan a la luna.
Y tú no eres un pájaro.
—Quizás algunos pájaros vuelan
a la luna, yo no sé.
Y quizás yo puedo volar
como un pájaro—dijo Osito.

—Y quizás—dijo Mamá Osa—
tú eres un pequeño osito gordito
sin alas y sin plumas.

Quizás si brincas para arriba
te caerás muy rápido,
con un gran ruido.
—Quizás—dijo Osito—.
Pero, ahora me voy.
Búscame en el cielo.
—Regresa para el almuerzo—
dijo Mamá Osa.

Osito pensó.

Brincaré de un lugar bien alto,

hasta muy lejos en el cielo,

y volaré alto, más alto, y más alto.

Iré demasiado rápido

y no podré mirar las cosas,

así que cerraré los ojos.

Osito se subió a la cima de una lomita,
y se trepó a lo alto de un arbolito,
un arbolito pequeñito en la lomita,
y cerró los ojos y brincó.

Se vino hacia abajo haciendo un gran ruido,

y rodó por la loma.

Entonces se sentó y miró alrededor.

—¡Ah! ¡Ah!—dijo—.

Estoy aquí en la luna.

La luna se ve igual que la Tierra.

¡Qué bien!—dijo Osito—.

Los árboles se ven igual que nuestros árboles.

Los pájaros se ven igual que nuestros pájaros.

Y mira esto—dijo—.

Aquí hay una casa igual que la mía.

Entraré a ver que clase de osos viven aquí.

Mira eso—dijo Osito—.

Hay algo de comer en la mesa.

Parece un buen almuerzo para un osito.

Mamá Osa entró y dijo—
Pero, ¿quién es éste?
¿Eres un oso de la Tierra?
—Ah, sí, lo soy—dijo Osito—.
Me subí a una lomita,
y brinqué de un arbolito,
y volé hasta aquí igual que los pájaros.

—¡Qué bien!—dijo Mamá Osa—.
Mi osito hizo lo mismo.
Se puso su celada para el espacio
y voló hacia la Tierra.
Así es que te puedes comer su almuerzo.

Osito abrazó a Mamá Osa.

Dijo—Mamá Osa, deja de disimular.

Tú eres mi Mamá Osa,

y yo soy tu Osito,

y estamos en la Tierra, y tú lo sabes.

Entonces, ¿me puedo comer mi almuerzo?

—Sí—dijo Mamá Osa—

y después tendrás tu siesta.

Porque tú eres mi Osito,

y yo lo sé.

EL DESEO DE OSITO

—Osito—dijo Mamá Osa.

—Sí, Mamá—dijo Osito.

—No estás dormido—dijo Mamá Osa.

—No, Mamá—dijo Osito—.
No puedo dormir.

—¿Por qué no?—dijo Mamá Osa.

—Estoy deseando—dijo Osito.

—¿Qué estás deseando?—
dijo Mamá Osa.

—Quisiera poder sentarme sobre una nube
y volar por todas partes—dijo Osito.
—No puedes lograr ese deseo,
Osito mío—dijo Mamá Osa.

—Entonces quisiera poder hallar
un barco vikingo—dijo Osito—.
Y los vikingos dirían
«¡Vente con nosotros! ¡Vente!
Aquí vamos. ¡Lejos! ¡Lejos!»
—No puedes lograr ese deseo,
Osito mío—dijo Mamá Osa.

—Entonces quisiera poder hallar
un túnel, que vaya hasta la China—
dijo Osito—.
Iría a la China y regresaría
con palitos chinos de comer para ti.
—No puedes lograr ese deseo,
Osito mío—dijo Mamá Osa.

—Entonces quisiera tener un automóvil rojo y grande—dijo Osito—.
Iría rápido, rápido.
Llegaría a un castillo grande.

Una princesa saldría y diría
«Come un poco de torta, Osito»
y yo me comería un pedazo.
—No puedes lograr ese deseo,
Osito mío—dijo Mamá Osa.

—Entonces quisiera—dijo Osito—
que una mamá osa
venga a mí y me diga
«¿Te gustaría oír un cuento?»
—Bueno—dijo Mamá Osa—
quizás puedas lograr ese deseo.
Ese es un deseo pequeñito.
—Gracias, Mamá—dijo Osito—.
Eso era realmente lo que yo quería
todo este tiempo.
—¿Qué clase de cuento te gustaría oír?—
preguntó Mamá Osa.
—Cuéntame de mí—
dijo Osito—.
Cuéntame de las cosas
que yo hice una vez.

—Bueno—dijo Mamá Osa—
una vez jugaste en la nieve,
y querías algo para ponerte.
—Ah, sí, eso fue divertido—
dijo Osito—.

Cuéntame algo más de mí.

—Bueno—dijo Mamá Osa—

una vez te pusiste tu celada para el espacio

y jugaste a ir a la luna.

—También eso fue divertido—

dijo Osito—.

Cuéntame más de mí.
—Bueno—dijo Mamá Osa—
una vez creíste que no tenías
torta de cumpleaños,
e hiciste una sopa de cumpleaños.
—Ah, eso fue divertido—dijo Osito—.
Y entonces tú llegaste con la torta.
Tú siempre me haces feliz.
—Y ahora—dijo Mamá Osa—
tú también puedes hacerme feliz.
—¿Cómo?—preguntó Osito.
—Puedes dormirte—
dijo Mamá Osa.
—Bueno, entonces lo haré—dijo Osito—.
Buenas noches, Mamá querida.

—Buenas noches, Osito.

Que duermas bien.

FIN